Ralf Neubohn

Michael Kerawalla

Die Macht der Banshee

Mit großer Schrift

Ralf Neubohn

Michael Kerawalla

Die Macht der Banshee

Mit großer Schrift

tredition

Druck und Distribution im Auftrag des Autors:
tredition GmbH, Heinz-Beusen-Stieg 5, 22926 Ahrensburg, Germany

Print ISBN: 978-3-3843-1988-3
E-Book ISBN: 978-3-3843-1989-0

Dieses Buch ist allen Feen und Elfen gewidmet.

Inhalt

Vorwort

Im 11. Band der Fantasy Krimi Reihe bekommt es Banshee mit einem mysteriösen Mord im magischen Rathaus zu tun und mit einigen anderen gefährlichen Mördern.

Kann Banshee im Falle eines unschuldigen kleinen Mädchens rechtzeitig eingreifen oder kommt sie zu spät?

Ralf Neubohn

Das magische Rathaus

Im düsteren Finsterklammwald gab es für die Einwohner ein Rathaus. Dieses öffnete ausschließlich an besonders magischen Tagen seine Pforten: Sonnenwende, Halloween, Silvester und an den Raunächten. An diesen Tagen arbeiteten dort nicht nur die im Wald lebenden magischen Wesen, sondern auch die Toten stiegen aus der Rathausgruft zur Arbeit herauf. Im Auskunftsbüro des Rathauses arbeitete der hirnlose Zombi Zara Grusilinchen. In der Bußgeldstelle die böse Hexe Schrumpelzahn. Die Beschwerdestelle beherrschte der Troll Rufus Rumpelfuss mit großer Keule. Für die Friedhofsverwaltung zeichnete sich die Tatkraft der Vampirin Vanilus Vampus IV aus. Das Sportressort betreute die Kampfelfe Kim Kasperfaust, der Verkehr auf seinen vielen Trampelpfaden gehörte zu Anne Annhalterlinchens Aufgaben. Oberbürgermeister war der Geheime Rat Haus. Dieses Amt übertrug dem Geheimen Rat die Königin persönlich. Erste Bürgermeisterin war zum großen Leidwesen aller die ältere und noch wesentlich fiesere Schwester der Hexe Grimmig-Kreisch. Sie hatte den passenden Namen Ober-Grimmig-Kreisch. Die Magierin Andrea Ahnungslos betreute die Presse und den Planungsstab. Die Besenhexe Bessie das Ordnungsamt. Das Gesundheitsamt unterstand der Moorhexe Blubberschreck. Ein durch und durch kompetentes Rathausteam also. Jede Amtsstelle von einer absoluten Fachkraft besetzt! Dennoch kam es seltsamerweise häufig zu entsetzlichen Pannen. Glücklicherweise stand das Rathaus nur an besonders magischen Tagen offen, so dass das dortige Chaos die Finsterklammwaldbewohner nur selten tangierte.

Magischer Nebel

Im Finsterklammwald an sich wimmelte es nur so von magischen Wesen. Im Rathaus selber gab es außer den genannten Personen noch so viele andere Mitarbeiterinnen, dass die Magie förmlich in dichten Schwaden durchs Rathaus waberte. Dadurch wurde es völlig unmöglich, dort ohne Pannen zu zaubern, da jeder Versuch dazu entweder in den dichten Schwaden stecken blieb oder sich dort mit anderen Zauberversuchen vermischte. Da viele der magischen Mitarbeiter zu den besonders chaotischen gehörten, erwies sich das aber als großer Glücksfall. So hielten sich zumindest die magischen Pannen ein bisschen in Grenzen. Andrea Ahnungslos , die Chefin des Planungsstabes kam bei den Sitzungen des Waldrates nie zu einem positiven Ergebnis. Dies lag nicht nur allein an ihrer bemerkenswert großen Ahnungslosigkeit, sondern auch daran, dass alle Waldräte ausschließlich die Interessen ihrer eigenen Wähler vertraten. So forderte der Waldrat der Hexen mehr Wohnungsbau, speziell die gezielte Förderung zur Errichtung von mehr Hexenhäusern. Die Waldräte der Trolle und Drachen riefen: „Unsinn! Das ist Geldverschwendung! Alle sollten in Höhlen leben wie wir! Das stoppt auch die Zersiedelung des Waldes und ist außerdem umweltfreundlich!" Gleichzeitig forderten die Trolle eine höhere Produktion von Kampfkeulen, wozu die Hexen nur sagten: „Quatsch! Mit einem Besenstiel können Leute genauso gut verprügelt werden! Die Herstellung von erheblich mehr Hexenbesen ist von daher wesentlich wichtiger!" Die Nachbarn von Drachen hingegen forderten mehr Vorsorge beim Brandschutz, wozu die Trolle entgegneten: „Freut Euch doch! An den Brandstellen

könnt Ihr wie wir bequem Euer Essen grillen, ohne müh-
selig mit Feuersteinen ein Feuer entzünden zu müssen."
So in der Art verlief es jedes Mal, nie wurde etwas
beschlossen. Jeder vertrat ausschließlich die eigenen
Interessen. Vielleicht leitete Andrea die Beratungen auch
zu ahnungslos? Aber was konnte man anderes von jemand
mit diesem passenden Nachnamen erwarten?

Schulkrise

Tusnelda Tuchnichtgut stand zitternd vor der tobenden ersten Bürgermeisterin: „Was sind das für schreckliche Zahlen? Wieso haben wir im Finsterklammwald so wenig Schülerinnen?"

Tusnelda von der Schulbehörde antwortete schüchtern: „Das liegt an der hohen Sterblichkeitsziffer der Schülerinnen. In der letzten Zeit wurden bei mehreren Mordserien viel zu viele getötet."

Ober-Grimmig-Kreisch kreischte: „Das liegt ausschließlich an meiner Schwester! Sie müsste ihre Schule viel härter regieren! Schlappheit wird immer bestraft!"

Tusnelda dachte: *„Schlapp? Von wegen! Die reinste Diktatur herrscht in unserer Schule"*, aber das wagte sie nicht laut zu sagen.

Die erste Bürgermeisterin fuhr fort: „Lebt der alte Kleppergaul Merlin noch immer auf unseren Gnadenhof?"

Tusnelda erklärte: „Nicht auf dem Gnadenhof, sondern im entfernt gelegenen magischen Seniorenheim…"

„Das ist völlig dasselbe", unterbrach sie Ober-Grimmig-Kreisch. „Wenn der alte Gaul weiterhin sein Gnadenbrot will, soll er an der Schule als Hilfssheriff arbeiten und jeden magischen Desperado aus dem Sattel schießen. Wozu sind Zauberer denn sonst da?"

Tusnelda überlegte sich im Stillen: *„Das habe ich mich auch schon oft gefragt."*

Magisches Seniorenheim

Erbittert reagierte Anne Anhalterlinchen, als Tusnelda ihr dies erzählte.

„Warum regst Du Dich so auf? Was geht Dich das an, Anne?", wollte Tusnelda wissen.

„Oh, mich geht das sehr viel an. Denn ich bin hier im Rathaus für den Verkehr zuständig. Und der Schiffsverkehr auf unserm Fluss Styx gehört dazu."

„Ja, und?", hakte Tunichtgut nach.

Woraufhin Anne Anhalterlinchen erläuterte: „Auf dem Fluss Styx fährt der geheimnisvolle Fährmann, der direkt oder indirekt an den Morden im Seniorenheim beteiligt war. Das beweisen die griechischen Münzen, die den Opfern unter die Zunge gelegt wurden, damit er diese in die Unterwelt bringt."

„Ja, und was weiter?", forschte Tusnelda völlig unerleuchtet nach.

„Na, wenn Merlin dort nicht weiterermitteln kann, wird der Fall nie völlig geklärt", trumpfte die Verkehrsbürgermeisterin auf.

„Wieso? Die Täterin wurde doch geschnappt," bemerkte Tunichtgut.

„Mensch, Tusnelda, bist Du blöd!", rief Anne erbittert. „Ein richtiger Tunichtgut. Es sind viel Fragen bei den Morden im magischen Seniorenheim offen geblieben: Mittäterin, Motiv, warum ausgerechnet Mord durch Pfählen…"

„Wenn Du so viele Fragen hast, schicke sie an einen Quizmaster", schlug Tusnelda gereizt vor.

Beschwerdestelle

Zur selben Zeit beklagte sich Sir Ralphus in der Beschwerdestelle beim Troll Rumpelfuss: „Ich habe von der Bußgeldstelle einen Strafzettel. Die Hexe Schrumpelzahn muss verrückt geworden sein! Wie soll ich denn auf den morastigen Waldwegen mit meinen Krücken zu schnell unterwegs gewesen sein?"

Der Troll schwang vielsagend seine Keule, worauf Sir Ralphus seinen Bußgeldwiderspruch „freiwillig" zurückzog.

Der Elf Shirly Sherlocklinchen erging es nicht viel besser: „Rufus! Ich finde, die Moorhexe Blubberschreck setzt sich nicht genug für biologisches, veganes Essen ein! Sie verletzt damit ihre Dienstpflicht."

Rufus stöhnte völlig genervt: „Shirly! Du und Dein veganes, biologisches Essen! Es ist ja bei uns im Internat Pflicht! Aber auch sonst: Was willst Du eigentlich? Wir leben im gesunden Mittelalter! Alle unsere Speisen sind biologisch! Mangels Geldes der meisten Bewohner des Finsterklammwaldes sogar meist selbstgepflückt, rein vegan. Nimm endlich zur Kenntnis: Im 21. Jahrhundert sind Deine Aktionen vielleicht gerechtfertigt, aber nicht in unserer Zeit im Mittelalter!"

Schmollend ging die vegane Elfe. Jeder hatte so seine Sorgen. Aber es sollten noch viel größere kommen!

Der Geheime Rat Haus

Der Oberbürgermeister freute sich sehr! Die Bürger des Finsterklammwaldes waren stets zufrieden mit der Arbeit des Rathauses. Nie erhielt er über die Beschwerdestelle weitergereichte Widersprüche der Bürger! Ja, sein Expertenteam leistete vorzügliche Arbeit! Mit gutem Personal gab es nie Ärger! Erst recht keine Morde wie in der Schule, im Krankenhaus und auf dem Gnadenhof. Zufrieden seufzend ging es ihm durch den Kopf: „Bin ich froh, hier einen so ruhigen Schreibtischjob zu haben! Nie passiert irgendetwas besonderes, außer schlechtem Kantinenessen." Der Arme, bald sollte sich alles ändern. Dies begann schon sehr bald darauf. In der Abteilung für magische Post landete ein blutiger Holzpfahl. Die Mitarbeiterin erbleichte. Denn problemlos verstand sie diese anonyme Drohung. Bald würde auch hier ein magischer Mörder zuschlagen. Aber warum? Wer von ihnen fiel ihm zum Opfer? Konnte es noch verhindert werden? Aber wie? Auch die anderen Abteilungen des Rathauses wussten keinen Rat, davon abgesehen hielten es viele für einen schlechten Scherz.

Magische Zeitverschiebung

An besonders magischen Orten wie dem Finsterklammwald konnte es durch die äußerst dicht strömenden
magischen Wellen oft zu Zeitverschiebungen kommen.
Während für die Menschen in Camelot z.B. Silvester
einen Tag dauerte, dauerte es je nach Stärke des
magischen Nebels im Rathaus des Finsterklammwaldes
zwischen einem bis zu neunzig Tagen. Die Zeit verging
hier ganz anders. Dies ist sehr komplex zu erklären. Wo
konzentrierte Magie wabert, verändern sich Zeit und Raum
sehr stark. Daher bemessen wir lieber die Zeit nach den
hier im Finsterklammwald üblichen Maßen. Während in
Camelot ein Tag verging, spulten sich hier während der
dramatischen Ereignisse eigentlich Wochen ab. Das ist
etwas verwirrend, aber in magischen Welten ein
physikalisches Naturgesetz.

Eines Tages triumphierte die erste Bürgermeisterin: „Ich
wusste es doch! Nichts als ein schlechter Scherz! Niemand
wagt es, in Wirklichkeit in MEINEM Rathaus
zuzuschlagen!"

Ihre Mitarbeiterinnen bezweifelten dies aber sehr stark.
Schließlich gab es sogar in der Schule ihrer schrecklichen
Schwester gleich mehrere Mordserien. Und wer es wagte
dort im wörtlichen Sinn zuzuschlagen, konnte es hier
problemlos auch. Wer würde das erste Opfer sein und
warum?

Der erste Mord im Rathaus

Schreiend floh der Troll Rufus Rumpelfuss ins Büro der Hexe Ober-Grimmig-Kreisch. „Eine schrecklich verstümmelte Leiche liegt im Briefkasten!"

„Wer ist es?", wollte die erste Bürgermeisterin wissen.

„Keine Ahnung! Sie können sich doch vorstellen, wie die Leiche zugerichtet ist, wenn sie im Briefkasten liegt!"

Zum ersten Mal in ihrem extrem langen Leben wurde die alte Sabberhexe bleich: „Urgs!", lautete ihr Kommentar, bevor sie aufs Klo floh.

Der Troll dachte: „Damit hat Ober-Grimmig-Kreisch vollkommen Recht. Aber eine echte Moorhexe sollte eigentlich härter im Nehmen sein. Ihre Schwester, die Lehrerin, hätte darüber nur kalt gelächelt und zu mir gesagt: 'Wirf die Reste in den Mülleimer.'"

Doch diese Gedanken des Trolls durften nicht darüber hinwegtäuschen, dass er selber vor Schock so weiß wie der Yeti aussah, der in der Kühlkammer arbeitete. Stundenlang versuchte die Rathausbelegschaft würgend mit dem Leichenpuzzlespiel voranzukommen, um zu erfahren: Wer fiel dem Mörder zum Opfer? Doch selbst wenn dies gelang, die wichtigeren Fragen blieben offen: Wie hieß der Mörder? Welches Motiv besaß er? Und worüber alle rätselten: Wohin waren Merlin und seine Detektivhelferinnen verschwunden? Entführt? Sie sollten doch eigentlich im Seniorenheim weiter ermitteln? Waren sie ebenfalls tot? Der magische Notruf des Rathauses nach dem Fund der verstümmelten Leiche blieb unbeantwortet. Warum?

Krisensitzung

Der Geheime Rat Haus berief eine Krisensitzung aller Mitarbeiter in der Rathauskantine. „Unsere Untersuchungen haben ergeben, dass die Tote die Kampfelfe Kim Kasperfaust ist. Wer so ein starkes magisches Wesen töten kann, muss sehr mächtig sein. Da Merlin und seine zwei Detektivgehilfinnen spurlos verschwunden sind und die beiden anderen Detektivinnen schon in der Schule ermitteln, müssen wir hier selber den Fall lösen."

Ober-Grimmig-Kreisch warf ein: „Wie weit sind Fannile und Ninvy schon bei ihren Ermittlungen in der Schule? Wenn sie kurz vor der Lösung stehen, können sie hier ja gleich weitermachen."

Der Geheime Rat seufzte: „Sie haben noch gar keine Spur gefunden. Wir müssen den Fall also selber lösen."

Tusnelda schlug vor: „Zara Grusilinchen und Vanilus Vampus IV sollen die Ermittlungen leiten!"

Verblüfft schrie der Geheime Rat: „Was? Ein hirnloser Zombi und ein Vampir? Wie soll das denn gut gehen?"

Doch Tusnelda entgegnete völlig gelassen: „Die beiden haben schon einige Fälle gelöst. Z.B. auf dem Alpakahof."

Das stimmte alle nachdenklich.

„*Besser als nichts*", dachte die erste Bürgermeisterin, wenn gleich auch ohne große Begeisterung. Von der Rathausarbeit her kannte sie die beiden so gut, dass sie sich keinerlei Illusionen machte. „*Doch wer weiß?*", setzte sie ihre Gedanken fort, „*auch ein blindes Huhn findet mal ein Korn.*"

Die neuen Chefermittlerinnen

Nach kurzer Beratung nahmen Zara und Vanilus den Ermittlungsauftrag an. Dann fuhr Vanilus fort: „Aufgrund unserer großen detektivischen Erfahrung wissen wir beide, dass zuerst das Motiv gesucht werden muss. Wissen wir dieses, ergibt sich daraus automatisch der Täter. Wie wäre es mit Hass auf die Rathausverwaltung?"

Entsetzt rief der Geheime Rat: „Unmöglich! Jeder liebt uns! Vor allem die unkomplizierte, perfekte Arbeit die wir seit langem machen!"

„Ähm", machte Zara verlegen hüstelnd. „Ich habe da aber schon ganz Anderes mitbekommen."

„Was soll das heißen?", hakte der Rat Haus nach.

„Nun", fuhr Zara fort. „Ungerechtfertigte Strafzettel von der Bußgeldstelle, zu viel anstrengender Sportunterricht in den Schulen, Bürger die in der Beschwerdestelle eines mit der Keule auf den Kopf bekommen, morastige Wege…"

„Das kann doch nicht wahr sein", murmelte der geschockte Rat. „Davon habe ich noch nie etwas gehört."

„*Da sind Sie aber der Einzigste*", schoss es Zara durch den Kopf.

Die Hexe Schrumpelzahn warf ein: „Ich glaube nicht, dass wegen solch kleiner, belangloser Bagatellen jemand mordet."

„Belanglos? Klein?", erkundigte sich Zara erstaunt.

Durchsuchungen

Die Krisensitzung endete mit dem Plan, zuerst einmal das ganze Rathaus zu durchsuchen, ob der geheimnisvolle Täter noch irgendwo versteckt lauerte. Etwa in der Gruft unterm Rathaus, wo die verstorbenen Mitarbeiter ruhten, bis sie z.B. an Halloween zur Arbeit wieder auferstanden.

Andrea Ahnungslos flüsterte: „Wenn der Täter in der Gruft lauert, ist es mir egal! Aber stellt Euch vor, er greift uns im Café an!"

Das Rathauscafé gehörte zu den beliebtesten Aufenthaltsorten der Angestellten. 60% des Arbeitstages verbrachten sie dort, um sich von der anstrengenden Arbeit zu erholen. 20% des Tages aßen und schwatzten sie zum Ausgleich in der Kantine. An den restlichen 20% des Tages wurden sie sogar gelegentlich an ihren Arbeitsplätzen weiterschwatzend gesehen. Ob und wann die Angestellten WIRKLICH arbeiteten, wusste niemand so genau. Aber eigentlich musste doch wohl in einem Anfall überschüssiger Energie gearbeitet werden, denn sonst gäbe es ja nicht so viele Beschwerden der Bürger, die der Troll im wörtlichen Sinn niederschlug. Er hatte sehr schlagende Argumente!

Tod des Mörders

Zufrieden kehrte Ober-Grimmig-Kreisch in ihr Büro zurück. Die Jagd schritt voran. In jedem Winkel suchten IHRE Mitarbeiterinnen nach dem Täter! Ironisch lächelte sie: „Die sind doch alle so hohl! Keiner von denen stellte sich die Frage: Wie konnte der Täter ins Rathaus kommen, obwohl Werwölfe rund ums Haus zum Schutz patrouillieren? Dabei ist die Lösung so einfach! Der Mörder ist hier im Rathaus, da nutzen Patrouillen draußen nichts! Ich habe es bisher gut gemacht. Niemand verdächtigt mich! Wir Moorhexen brauchen halt ab und zu ein Menschenopfer und unseren Spaß! Hi, hi, hi! Wie schwer es doch war die Reste der Kampfelfe in den Briefkasten zu stopfen! Wen ermorde ich als nächstes?"

„Niemand!", erklang Banshees Stimme hinter ihr. „Denn Du bist die letzte Tote im Rathaus!" Entsetzt fuhr die alte Sabberhexe herum. Banshee sprach locker weiter: „Gleich werden Deine Leichenreste den Briefkasten verstopfen! Dann weißt Du, wie sich Dein Opfer damals fühlte." Extrem cool führte Banshee diesen Plan durch, welcher im Nachhinein große Freudenstürme bei der Rathausbelegschaft auslöste. Merke: Alte Moorhexen bekommen an Valentinstagen keine Grußkarten! Und Ober-Grimmig-Kreischs erst Recht nicht!

Fatal

Tage später empfing der Lord Lot-of Morning-Gin seinen Countrysheriff. Dieser bat: „Eure Lordschaft! Wir müssen endlich etwas gegen den Frauenmörder unternehmen! Die Menschen wagen sich gar nicht mehr in den Wald!"

Der Lord meinte eine Alkoholfahne ausstoßend: „Ist doch mir völlig egal. Sollen sie halt zu Hause in ihren elenden Ställen bleiben!"

Der Sheriff erbleichte bei dieser Gefühlsrohheit: „Aber die Menschen hier sind sehr arm, sie leben vom Pilze- und Beerensammeln."

„Dann sollen sie das halt trotz Frauenmörders tun, was geht es mich an? Unternehmt lieber endlich etwas gegen die elenden Wilddiebe! In meinen Wäldern ist so wenig Wild, dass sich schon König Troublemore und der Earl of Whisky-Exzess darüber lustig machen."

„Aber...", begann der Sheriff, wurde aber vom Lord brutal aus dem Saal geworfen. Hasserfüllt verließ er das Schloss, während draußen ein schriller Schrei erklang. Der Sheriff grinste hämisch, der Schrei der Banshee!

Quittung

Lord Lot-of-Morning-Gin hörte es auch, dachte in seinem benebelten Kopf aber nicht weiter darüber nach. Sein letzter Fehler. Stunden später fanden ihn seine Schlosswachen von einem Hirschfänger aufgespießt an der Wand. Ein passendes Ende. Da sein Erbe Drinknomore mehr Überlebenswillen besaß, befahl dieser sofort die Jagd nach dem Frauenmörder. Da Drinknomore lange herrschte, schien er Banshees subtilen, diskreten Hirschfängerhinweis richtig verstanden zu haben. Da die Wälder ans Riesenhafte grenzten, ging die Suche nach dem Frauenmörder nur langsam voran. Die Suche nach der Mörderin des vorherigen Lords leitete Drinknomore aus purem Überlebenswillen lieber erst gar nicht ein. Sehr weise! Jeder bekommt, was ihm gebührt!

Pflanzen sammeln

Die Bürger sammelten trotz großer Angst im Wald weiter Pflanzen, da sie von diesen lebten. Bei der herrschenden Armut bildete das Sammeln von Beeren, Pilzen und Kräutern im Wald ein Muss. Ein kleines Mädchen pflückte gerade Brombeeren, als es hinter ihr raschelte. Sofort drehte sie sich um, sah aber nur einen Wildhüter aus einem Gebüsch kommen. „Ein echter Wildhüter oder der verkleidete Mörder?", schoss es ihr durch den Kopf.
Langsam kam der Mann näher. Als er vor ihr stand, sprach der Wildhüter: „Pass gut auf Dich auf meine Kleine" und lief weiter. Ein paar Minuten später raschelte es wieder im Gebüsch. Noch ein Wildhüter? Ein Bär? Ein Wolf? Gebannt starrte das Mädchen auf das Gebüsch. Was würde herauskommen? Etwas Schreckliches?

Der Frauenmörder

Es erschien der Mörder. Freudig grinsend ging dieser auf sein Opfer zu, das Messer genüsslich streichelnd. Voller Vorfreude näherte er sich dem Mädchen. Leider beging der Arme einen großen Fehler. Denn mit einem „Plopp" verwandelte sich das Mädchen in seine ursprüngliche Gestalt zurück. Banshee! Die Todesfee leistete gründliche Arbeit. Noch Tage später wurden Leichenteile des Mörders an verschiedenen Stellen gefunden. Wie schon gesagt: jeder bekommt, was er verdient! Wieder siegte die Gerechtigkeit! Doch gleichzeitig spürte Banshee etwas Geheimnisvolles in der Luft, eine Art magisches Wispern. Ein Zeichen nahenden Unheils?

Hexe?

Eine Woche später lief ein kleines Mädchen blumen-pflückend durch den Wald. Es freute sich an den schönen Farben der Blumen, den guten Geruch. Immer wieder raschelte es in den Gebüschen, mordlustige Augen beobachteten sie ständig. Ahnungslos ging das kleine Kind immer tiefer in den Wald, entfernte sich zusehends vom heimatlichen Haus. Das Rascheln in den Gebüschen näherte sich deutlicher. Noch immer suchte die Kleine unbeschwert die schönsten Blumen aus.

Plötzlich stand eine schwarz gekleidete Frau vor ihr: „Du hast Dir aber wirklich die allerschönsten Blumen ausgesucht. Machst Du Dir daraus einen Strauß oder einen Kranz?"

Das Mädchen schaute die Fremde an und erkundigte sich neugierig: „Bist Du eine Hexe? Mami hat gesagt, ich soll wegen der vielen bösen Hexen nicht in den Wald gehen."

Die schwarzgekleidete Frau versteckte eilig ihren Zauber-stab in eine Tasche ihres Kleides und antwortete: „Nein, ich bin keine Hexe."

Ob das wirklich stimmte?

Das Seil

Die Frau setzte sich zu dem Kind und schlug vor: „Soll ich Dir zeigen, wie Du die schönsten Kränze basteln kannst?" Das Mädchen nickte, während die Fremde ein langes Seil aus einer verborgenen Tasche ihres Kleides holte. „Ich werde Dir zeigen, was sich so alles mit einem Seil machen lässt." Spielerisch legte sie dem Kind das Seil um den Hals...

In einem Gebüsch dachte verärgert eine andere Gestalt: „So ein Mist! Schnappt die mir doch wieder die Beute vor der Nase weg! Jetzt kann ich mir ein anderes Opfer suchen!"

Mittlerweile schlang die Frau das Seil fester um den Hals der Kleinen... Das Ende des unschuldigen Mädchens?

Verschönerung

Die Fremde befestigte nun am Seil die gesammelten Blumen, dadurch sah das Ganze wie ein farbiges Halstuch aus. Sehr hübsch! Nachdenklich betrachtete die Frau das strahlende Kind: „Du siehst damit sehr schön aus. Ich bringe Dich jetzt sicher nach Hause. Aber merke Dir künftig was, Deine Mutter sagte. Gehe nie wieder allein in den Wald, es ist zu gefährlich."

„Warum ist es das? Wegen Hexen?"

Die Fremde antwortete: „Hexen, Wölfe, Mörder und wer weiß, vielleicht sogar eine böse Fee."

Hinter ihr erklangen Schritte. Die Leute vom Hof nahten und sahen … das Kind allein auf der Lichtung. Erleichtert eilten sie zu dem Mädchen: „Wir haben uns so Sorgen um Dich gemacht! Allein im Wald hätte Dir alles Mögliche passieren können."

Der Geist

„Aber ich bin doch nicht allein im Wald", murmelte das Kind und blickte sich nach der Fremden um. Wo war sie bloß geblieben? Verständnislos schüttelte das Mädchen den Kopf. Die Hofbewohner brachten das Kind nach Hause. Im Wohnzimmer fiel der Blick der Kleinen auf die alten Familienbilder an den Wänden. Mit einem überraschten Aufschrei rief sie: „Ich war nicht allein im Wald. Tante Banshee war bei mir!" Dabei zeigte das Mädchen auf das uralte Bild des Familienschutzgeistes, welcher über das Haus und die Familie seit Jahrhunderten wachte. Wenn er nicht gerade als eine Art Nemesis rächend durch die Lande zog. Banshee gehörte zweifellos zu den besonders vielseitigsten, facettenreichsten Todesfeen überhaupt. Ob wir ihr eines Tages wieder begegnen? Schützend oder rächend?

Folgend ein spannendes aber ganz anderes Abenteuer Banshees!

Michael Kerawalla

Die Macht der Banshee

Bei angenehmem Wetter blähte ein kräftiger Wind die Segel der Nunvika, dem Dreimaster Auswandererschiff. Die meisten Passagiere spazierten an Deck, um der Enge des Passagierraums zu entfliehen. Zwischen ihnen erkannte der Kapitän eine schwarzgekleidete Frau, die ihm verschmitzt zulächelte. Es war Laura, die Banshee, welche dieses Schiff als ihr Heim ansah, es stets begleitete und sich gütig um die Menschen an Bord kümmerte. Es machte ihr Spaß, sich unerkannt unter die Passagiere zu mischen, wenn sie gerade keine Kranken zu versorgen hatte. Kurze Zeit später war sie verschwunden und tauchte unter Deck wieder auf, weil sie jemanden weinen hörte. Im Passagierraum entdeckte sie einen traurigen Jungen, der mit feuchten Augen an seine Mutter geschmiegt war. Sie kam näher und kniete sich neben das Kind. »Was hast du denn, mein Kleiner? Warum weinst du denn so?«, fragte sie behutsam.

»Er hat Heimweh«, sagte seine Mutter mitleidig und streichelte den Jungen.

»Oje, dagegen gibt es leider keine Medizin«, sagte die Banshee bedauernd. »Aber vielleicht kann ich auf andere Art helfen. Folgt mir doch bitte nach oben«, sagte Laura mit freundlichem Lächeln. Auf dem Deck führte sie Mutter und Kind zum ersten Offizier, der gerade Wache hielt. »Mister Tyler, ich habe hier einen Jungen, der vielleicht Matrose werden will«, sagte sie zwinkernd zu dem großen Mann.

Der wandte sich dem Jungen zu und ging auf die Knie, um auf Augenhöhe mit dem Kind zu sein. »Aha, du willst also Matrose werden. Warst du denn schon einmal auf einem Segelschiff?«

»Nein, Sir«, antwortete der Junge ein wenig scheu.

»Soll ich dir erklären, wie das hier alles funktioniert?«, fragte der Offizier freundlich, worauf der Junge begeistert nickte. So versuchte der große Mann dem Kind in möglichst einfachen Worten den Bau und die Führung des Schiffes zu erklären. Später durfte der Junge sogar zur rechten Zeit die Schiffsglocke läuten, was ihn besonders stolz machte!

Die Mutter bedankte sich erleichtert bei Laura für die Hilfe.

»Keine Ursache! In diesem Fall hilft am besten Ablenkung. Nehmen sie den Kleinen immer wieder mit auf Deck. Hier gibt es immer genug Interessantes zu sehen und zu entdecken«, riet die Banshee der jungen Frau. »So vergisst er am schnellsten sein Heimweh.« In diesem Moment bemerkte Laura aus dem Augenwinkel einen jungen Matrosen, der noch unsicher beim Mast weit oben auf der Takelage entlang balancierte, um ein Segel zu öffnen. In diesem Moment kippte das Schiff durch eine Welle leicht zur Seite, und der Matrose drohte herunter zu fallen! Doch da war plötzlich die Hand eines älteren Matrosen, den der junge Mann noch nie gesehen hatte, und hinderte ihn am Fallen.

»Immer gut festhalten, Junge!«, riet ihm der alte Seemann mit väterlichem Lächeln, worauf sich der junge Matrose erleichtert bedankte. Da flog eine Möwe nahe an ihm vorbei. Der junge Mann folgte dem Vogel kurz mit seinem Blick. Als er sich wieder umwandte, war der alte Matrose verschwunden!

Dafür tauchte Laura in ihrer halbtransparenten Gestalt neben dem Kapitän auf, so dass nur er sie sehen konnte.

»Danke, dass du den Burschen gerettet hast«, sagte der Kapitän mit einer angedeuteten Verbeugung.

»Gern geschehen! Dafür bin ich ja da«, sagte die Banshee schmunzelnd, wurde aber gleich wieder ernst. »In etwa zwei Stunden wird es einen heftigen Sturm geben. Bereitet alle darauf vor und schickt die Passagiere rechtzeitig unter Deck. Dieser Sturm wird sehr kräftig sein!«

Der Kapitän bedankte sich für die Warnung. Auch wenn momentan noch nichts zu erkennen war, so hatte Laura stets einen untrüglichen Spürsinn für das Wetter bewiesen und alle Vorhersagen waren eingetreten! So geschah es auch diesmal. Der Wind nahm immer weiter zu und schon bald bedeckten bedrohlich dunkle Wolken den Himmel. Erste Blitze zuckten, Donner grollte und das Schiff fuhr in den stärksten Sturm, den die Seeleute je erlebten! Der Segler wurde zum Spielball der Wellen und war kaum noch zu steuern, während immer höher werdende Brecher gegen die Planken schlugen! Der Sturm toste und wühlte das Wasser heftig auf, es regnete in Strömen und die Blitze zuckten im Sekundentakt! Die Passagiere kauerten verängstigt unter Deck. Viele waren seekrank, doch dank Lauras Behandlung war die Übelkeit nicht allzu schlimm. Aber das Wetter wurde immer schlimmer! Das Schiff stampfte, schaukelte und die Planken ächzten unter der Belastung. Der Kapitän befürchtete schon das Schlimmste, während einige Mitglieder seiner Besatzung stumm beteten und sich bekreuzigten. Da erschien plötzlich die Banshee vor dem großen Hauptmast! Obwohl der Segler heftig schaukelnd und schlingernd durch das Meer pflügte, stand sie fest wie ein Fels auf Deck, streckte ihre Arme in den Himmel und schleuderte daraus enorme Blitze in den Himmel, die das ganze Schiff grell erleuchteten! Es knatterte und krachte ohrenbetäubend, als Laura ihre gewaltigen magischen Kräfte entfesselte und dem Sturm die Stirn bot! Schließlich entfuhr ihrer Kehle ein markerschütternder Schrei, der den Menschen an Bord in ewiger Erinnerung blieb! Kurze Zeit später verlor der Sturm tatsächlich an Kraft! Das Unwetter schwächte sich merklich ab, die Blitze versiegten, der Himmel hellte sich allmählich auf und das angenehme Wetter kehrte zurück! Laura drehte sich zu dem Kapitän um und nickte ihm mit einem Lächeln zu.

»Danke dir, meine alte Freundin und Beschützerin«, flüsterte er erleichtert, doch die Banshee konnte ihn trotzdem hören. Ein weiteres Mal hatte sie das Schiff und alle Menschen darauf gerettet! Und so blieb es, bis das Schiff nach vielen Jahren für immer im Hafen festmachte, weil es zu alt und das Holz morsch geworden war. Auf all seinen Fahrten hatte es nie menschliche Verluste gegeben und der Segler hatte seine Ziele stets wohlerhalten erreicht, was neben der guten Besatzung auch dem unermüdlichen Einsatz und der Güte der Banshee zu verdanken war! Als das Schiff zum schwimmenden Museum wurde, wechselte die Banshee auf ein neueres Schiff, das sie fortan beschützte. Manchmal besuchte der alte Kapitän sein Schiff und spazierte ein wenig wehmütig über die Planken. Es hieß, dass er dabei stets von einer schwarz gekleideten Frau begleitet wurde...

Liebe Leser/innen,

für heute enden die spannenden Abenteuer. Da sich aber dort in der Gegend laufend Neues ereignet, wird die Reihe bald fortgesetzt.

Bis dahin alles Gute!

Ihr Ralf Neubohn

Bücher von Ralf Neubohn:

Krimi:

„Mörderisch gut"

„Die Gartenschau-Morde"

Fantasy Krimi:

„Der geheimnisvolle Tod des Werwolfs"

„Merlin und die mysteriösen Morde auf dem Ponyhof"

„Merlin und der unheimliche Hexenjäger"

„Geheimnisvolle Banshee"

„Merlin, Banshee und der geheimnisvolle Henker"

„Mord beim veganen Lieferservice und Imbiss"

„Banshee und die mysteriösen Schulmädchenmorde"

„Mörderisches Chaos in Schule und Krankenhaus"

„Geheimnisvoller Todeszauber im Krankenhaus"

„Mord auf dem Gnadenhof und in dem magischen Seniorenheim"

„Die Macht der Banshee"

„Die Todesfalle für die Mondgöttin"

Tier Krimi:

„Mord auf dem Alpaka- und Lamahof"

„Alpaka und Lama jagen den mysteriösen Mörder"

„Mord auf dem Gnadenhof und in dem magischen Seniorenheim"

Science Fiction Krimi:

„Sam Space"

Lama und Alpaka Reihe:

„Weihnachten mit Alpaka, Lama und der schussligen Hexe"

„Zauberhafte Ferien mit Alpaka und Lama"

„Der magische Hof, der Drache und die schusslige Hexe"

„Magische Stippvisite vom Drachen und der Hexe"

„Hof-Gala für Fee, Einhorn und Kamel"

„Geheimnisvolle Weihnachten mit Hexe, Drache und schüchterner Fee"

„Magische Reisen mit schussliger Hexe und schüchterner Fee"

„Weihnachtszauber im magisch-chaotischen Hofcafé der Hexe"

Alpaka Reihe:

„Die Alpakas vom Nikolaus"

„Der Nikolaus und sein Alpaka auf Tournee"

„Applaus für Alpaka und Osterhase"

„Das Comeback des geheimnisvollen Alpakas"

„Premieren-Abend mit Alpaka und Phönix"

„Halloween, Drache und Alpaka im Scheinwerferlicht"

„Das magische Alpaka und der Drache"

Gedichte

„Hier und Jetzt"

„Frisch gewagt"

Gedichte und Kurzgeschichten

„Die zauberhaften Altbohns"

Bücher mit schwarzen Humor Gedichten

„Die Gartenschau-Morde"

„Tod auf dem Kaktus"

„Neues vom 1. April"

Gartenschau Trilogie

„Flammenfeder live von der Gartenschau"

„Gartenschau Phantasie"

„Herzlich willkommen Gartenschau"

„Galaabend für die Gartenschau"

„Abschiedsvorstellung für die Gartenschau"

„Die Gartenschau-Morde"

„Tod auf dem Kaktus"

„Neues vom 1. April"

„Gartenschau Magie"

„Die Gartenschau im Rampenlicht"

Heiteres aus dem Autorenleben

„Im Tal der Autoren"

„Alle Autoren an Bord"

„Terry ein Schotte in Schwaben"

„Die zauberhaften Altbohns"

Fantasy

„Premieren-Abend mit Alpaka und Phönix"

„Halloween, Drache und Alpaka im Scheinwerferlicht"

„Das magische Alpaka und der Drache"

„Weihnachten mit Alpaka, Lama und der schussligen Hexe"

„Der magische Hof, der Drache und die schusslige Hexe"

„Magische Stippvisite vom Drachen und der Hexe"

„Hof-Gala für Fee, Einhorn und Kamel"

„Geheimnisvolle Weihnachten mit Hexe, Drache und schüchterner Fee"

„Magische Reisen mit schussliger Hexe und schüchterner Fee"

„Weihnachtszauber im magisch-chaotischen Hofcafé der Hexe"

„Der geheimnisvolle Tod des Werwolfs"

„Merlin und die mysteriösen Morde auf dem Ponyhof"

„Merlin und der unheimliche Hexenjäger"

„Geheimnisvolle Banshee"

„Merlin, Banshee und der geheimnisvolle Henker"

„Mord beim veganen Lieferservice und Imbiss"

„Banshee und die mysteriösen Schulmädchenmorde"

„Mörderisches Chaos in Schule und Krankenhaus"

„Geheimnisvoller Todeszauber im Krankenhaus"

„Mord auf dem Gnadenhof und in dem magischen Seniorenheim"

„Die Macht der Banshee"

„Die Todesfalle für die Mondgöttin"

Jahresfeste

„Weihnachten mit dem literarischen Kleeblatt"

„Auf der Suche nach dem verlorenen Osterei"

„Weihnachten und Silvester mit Flammenfeder"

„Vorhang auf für Nikolaus, Weihnachten und Ferien"

„Bühne frei für Fasching und Halloween"

„Die Alpakas vom Nikolaus"

„Die Bettsocken vom Weihnachtsmann"

„Silvester und Weihnachtsmarkt geben sich die Ehre"

„Der Nikolaus und sein Alpaka auf Tournee"

„Applaus für Alpaka und Osterhase"

„Halloween, Drache und Alpaka im Scheinwerferlicht"

„Das Comeback des geheimnisvollen Alpakas"

„Weihnachten mit Alpaka, Lama und der schussligen Hexe"

„Geheimnisvolle Weihnachten mit Hexe, Drache und schüchterner Fee"

„Weihnachtszauber im magisch-chaotischen Hofcafé der Hexe"

Nachwort

Liebe Leser,

Sie sind nun an das Ende unseres kleinen Büchleins gekommen. Wir hoffen, Sie gut und abwechslungsreich unterhalten zu haben.

Falls Sie beim Lesen auf den Geschmack gekommen sind, so gibt es von uns viele weitere schöne Bücher zum selber Genießen oder als originelles Geschenk für andere. Etwa zu Ostern, Weihnachten und Geburtstagen.

Mit freundlichen Grüßen und hoffentlich bis bald!

Ihr Ralf Neubohn

Banshee versetzt alle in Angst und Schrecken. Doch ist sie wirklich so böse, wie alle glauben? Bei verschiedenen dramatischen Ereignissen zeigt sie sehr unterschiedliche Gesichter von sich. Aber welches ist das richtige? Gibt es das überhaupt? Oder gehört sie zu den magischen Wesen, für die ganz eigene Regeln gelten?

Zeitfracht Medien GmbH
Ferdinand-Jühlke-Straße 7
99095 Erfurt, Deutschland
produktsicherheit@kolibri360.de